# IRMGARD ROSINA BAUER

## Alpen für Marieke

### *Zur Autorin:*

Nach ihrem Studium der Erziehungswissenschaften in München bekam die Autorin vier kurz aufeinanderfolgende Kinder, denen sie sich neben der Mitarbeit im Geschäft ihres ersten Mannes widmete. Sie behielt auch nach ihrer Scheidung den Status als Selbständige bei und arbeitete in verschiedenen Funktionen in diversen Konzernen, zum Schluss in der Erwachsenenpädagogik, bevor sie sich hauptberuflich als Autorin etablierte.

Irmgard Rosina Bauer, geboren 1956 in München, hatte erst spät im Leben die Gelegenheit, regelmäßig in die Berge zu gehen. Weder ihre Eltern noch ihr erster noch ihr zweiter Ehemann noch ihre Kinder waren echte Bergfexe.

Dann ergab sich die Tour mit Isa.

Auch diese Tour ist ein Baustein zum Lebensthema der Autorin: Als selbstbestimmte Frau weitgehende Unabhängigkeit zu erlangen – und den Mut dafür aufzubringen, golden schimmernde Käfige zu verlassen.

Siehe auch Facebook, Instagram, YouTube und Twitter.

IRMGARD ROSINA BAUER

# Alpen für Marieke

## ZWEI MÜNCHNERINNEN ZIEHEN ALLEINE DURCH DIE HOCHALPEN

*Rosis Reiseerzählungen Band 1*

**Bibliografische Information der
Deutschen Nationalbibliothek**

Die Deutsche Nationalbibliothek
verzeichnet diese Publikation in der
Deutschen Nationalbiografie; detaillierte
bibliografische Daten sind im Internet über
http://dnb.d-n.de abrufbar.

Umschlaggestaltung: Sania Haschemi,
nach einer Idee von zero.media.net, München

Autorenfoto: Kitty Fried, Neubiberg

Autorenbegleitung, Korrektorat und
Buchsatz: Pageturner Production GmbH,

www.pageturnerproduction.com

Herstellung und Verlag:
BoD - Books on Demand,
Norderstedt

ISBN: 978-3-7543-0080-0

*Für Marieke*

# Inhalt

# Vorher

Marieke war vierzig Jahre alt, als ich mit ihr auf den Hamburger Landungsbrücken beim Warten auf das nächste Schiff ins Gespräch kam. Sie war stark gestresst, weil sie das ihre verpasst hatte. Ihren drei Kindern am Morgen Frühstück bereiten, sie mit wohlschmeckender Brotzeit (Schulfrühstück nannte sie es) auf den Schulweg schicken, sich selbst fürs Büro schick machen – da müssen die Minuten flutschen, sonst passiert das: Schiff weg. Das nächste erst eine Stunde später. Alle Eile am Morgen umsonst gewesen.

In dieser Stunde konnte ich ihr von meinem Leben erzählen. Als ich dreißig wurde, war ich mit meinem vierten Kind schwanger. Mit vierzig war ich geschieden. Bis fünfzig hatte ich mit Ach und Krach für

Einkommen gesorgt, um meine Familie zu ernähren. Da war dann mein Ältester siebenundzwanzig und mein Jüngster bereits zwanzig. Plötzlich eröffneten sich für mich neue Perspektiven. Die Kinder hatten bereits deutlich zu verstehen gegeben, dass sie ihre eigenen Wege gehen wollten. Und ich, deren Denken und Tun und Planen sich jahrzehntelang um die Kinder gedreht hatte? Mir wurde plötzlich klar, dass ich mich endlich mit mir selbst beschäftigen konnte. Doch hatte ich in der Turbulenz der Jahre vergessen, wer ich überhaupt war, wie meine Wünsche lauteten und meine Bedürfnisse. Marieke hatte mir auf der Landungsbrücke sehr aufmerksam zugehört. Ihrer Mimik war anzumerken, dass sie innerlich allem zustimmte.

Ich habe ihr dann berichtet, dass ich mich mit fünfzig auf eine zweite Ehe einlassen konnte. Dass für mich mit fünfzig das Jahrzehnt des Reisens begonnen hat, in dem mich mehrmals eines meiner erwachsenen Kinder begleitete, wenn mein Mann seinem Beruf nachgehen musste oder kein echtes Interesse an meinen Reisezielen hatte.

Und dass ich jetzt, mit vierundsechzig, mit einer Freundin eine mehrtägige Bergtour durch die Hochalpen plante, erzählte ich ihr. Sie staunte. Mit vierundsechzig? Da sah ich, wie sich ihr bisher so gestresstes Gesicht wieder erhellte, ihre Augen leuchteten. Und meine auch. Weil ich sie aufbauen konnte.

Ich habe die Tour mit Isa durch die Lechtaler Hochalpen gemacht, weil ich es mir sehnlichst gewünscht hatte. So etwas ist auch für euch möglich, ihr Mariekes da draußen, ob in Hamburg oder sonst wo: auszubrechen aus dem goldenen Käfig, den man sich in jungen Jahren selbst gebaut hat.

Ja, es geht noch was jenseits der Fünfzig!

Eure Irmgard Rosina Bauer

*Für dich, liebe Marieke, und für alle,*
*die deine Sehnsucht nach Bergen spüren,*
*habe ich die mehrtägige Bergtour mit Isa und*
*alle begleitenden Gedanken aufgeschrieben.*

# Der Traum vom Berg

Im Garten vor Isas Haus wuchern Lilien, Gräser und Salat. Die Teiche sind mit Unterwasserpflanzen durchzogen und an der Oberfläche mit weißen und pinkfarbenen Seerosen beinahe zugewachsen. Den Fahrradschuppen kann man vor lauter Gestrüpp kaum betreten. Auf dem Weg zum Haus sprießen Löwenzahnblätter zwischen den Pflastersteinritzen. Hüfthohe Brennnesseln überwuchern die Johannisbeersträucher, deren reife Früchte nicht geerntet worden sind.

»Start also am 19. Juni«, fasse ich unseren Planungsplausch zusammen. »Übermorgen.« Isas schwarzer Lockenkopf wippt bestätigend, dabei sieht sie mich mit ihren blauen Augen an.

»Ich bin viel zu viel unterwegs.« Sie hat wohl meinen Blick bemerkt, der über ihren Garten schweifte.

Nun soll unsere Bergtour in zwei Tagen starten und ich bin aufgeregt. Solch ausgeprägtes Reisefieber kenne ich von vor ein paar Jahren, als ich über drei Umsteigeflughäfen in verschiedenen Ländern und Zeitzonen nach Ostasien geflogen bin, was mich eine unglaublich aufwändige Organisation gekostet hat.

Während ich hellwach im Bett liege und versuche, Schlaf zu finden, stelle ich mir die letzten wichtigen Fragen: Ist mein eigener Schlafsack nicht zu schwer? Soll ich den von Peter nehmen oder meinen alten? Ich werde beide morgen auf die Waage legen. Andererseits müssen wir mit zwei bis drei Grad in der Nacht rechnen – das sagte mir die Hütten-Webcam, als ich das letzte Mal nachgeschaut habe. Also dann doch eher den Daunenschlafsack? Wir werden fast durchgehend auf über zweitausend Metern wandern. Ich glaube, ich brauche nur ein einziges Sommertop, dafür lieber dreimal langärmelige Merino-Unterwäsche. Eine oder zwei Wanderhosen? Ich entscheide mich für eine einzige, die dünne mit dem Zip. Falls es wirklich sehr kalt werden sollte, ziehe ich die lange Skiunterhose drunter, die mir auch als Hüttenbekleidung dienen wird. Höchstens nehme ich noch den kurzen Outdoor-Rock aus leichtem Material mit, falls ich mal im Regen nass werde und die Kleidung wechseln will. Wird noch Platz für eine Regenhose sein oder wird das alles zu schwer? Tut's meine alte Regenjacke noch? Auf keinen Fall kaufe ich mir eine von diesen Jacken, deren atmungsaktive Membranen in der Bergsportwerbung angepriesen werden, die aber stolze 450 Euro kosten.

In die Berge zu gehen heißt, Stille zu genießen, dafür braucht man kein Geld. So habe ich es von Erzählungen Erwachsener aus Kindheitstagen in Erinnerung. Dass sich seitdem einiges geändert hat, wird uns noch früh genug überraschen. Doch Isa und ich sind uns einig, wir wollen nicht viel Geld ausgeben. Lieber öfter verreisen und mehr

Freizeit haben, als immer nur für einen teuren Urlaub zu arbeiten, das ist ihre und meine Lebenseinstellung.

Doch ich denke immer noch ans Packen: Jeder Apfel bedeutet zusätzliches Gewicht. Frühstück und Abendessen gibt es auf der Hütte, doch genügen beim Weiterwandern Nüsse, Trockenobst und Powerriegel als Mittagessen, weil es unterwegs keine auch noch so kleine Einkehr geben wird? Was fehlt jetzt noch? Reichen zwei Wasserflaschen, die man notfalls am Wasserfall auffüllen kann, wenn große Hitze herrschen sollte? Sind Smartphone und Powerbank gut genug vor Stößen und Regen geschützt?

Isa und ich haben uns vor etwa zwanzig Jahren bei einem gemeinsamen Auftrag kennengelernt, für den wir von einem Konzern gebucht worden waren. In den letzten acht Jahren hatten wir uns aus den Augen verloren, jede von uns hat ihr Ding gemacht und die Arbeit hat uns nicht wieder zusammengeführt. Bis ich Isas Aufruf auf Facebook sah: *Wer geht mit mir acht Tage in die Lechtaler*

*Alpen?* Da reagierte ich schnell. Ja, mit Isa, das konnte ich mir sehr gut vorstellen. Kurz darauf hatten wir uns auf eine Vorgehensweise geeinigt: Sie macht die Tourenzusammenstellung und bestimmt die Hütten als Tagesziel für eine Übernachtung. Ich stelle die Gepäckliste zusammen und nehme die Reservierung der Hütten vor. Isa hat Sportwissenschaften studiert und ist, genau wie ich, gerne überall auf der Welt unterwegs und probiert vieles aus, wenn nicht gar alles. Warum ich dir das alles erzähle, liebe Marieke?

Du wohnst in Hamburg. Wir lernten uns zufällig an den Landungsbrücken kennen. Du hattest soeben deine Fähre zur Arbeit verpasst und daher eine Stunde Zeit, und ich war als staunende Touristin unterwegs, die sich von Hamburg und seinen so andersartigen Lebensformen in den Bann ziehen ließ. Mit dem Schiff zur Arbeit fahren? Das ging nicht nur in Venedig?

Immer wenn du graue, schroffe Alpenfelsbilder siehst, würden deine Augen schier

*Spitzen über Spitzen umgeben uns, wenn wir mittendrin sind.*

zu tränen anfangen, hast du mir erzählt. Du möchtest gerne dorthin, doch wie fängt man an und wohin könnte die Reise gehen? Orte wie das berühmte Garmisch und Oberstdorf oder Salzburg und Innsbruck sind dir vom Klang her geläufig. Immer sei da ein Bergkamm zwischen den Orten, hast du gehört. Doch was ist eigentlich ein Bergkamm? Ich habe dir zugehört und hätte dir anbieten können, dich auf unseren Vorzeigeberg, den Herzogstand, mitzunehmen. Dich dort dazu anstiften können, nach kurzem, anstrengendem sommerlichem Auf- und Abstieg mit mir in den eiskalten Walchensee zu

17

steigen und dieses wohltuende Quasi-Sauna-Erlebnis zu kosten. Doch für mehr als diese Halbtagestour möchte ich die Verantwortung nicht übernehmen. Ja, richtig, es ist nicht ungefährlich in den Alpen. Vieles kann passieren – muss nicht, aber kann.

Es geht dir, liebe Marieke, wie mir mit meiner alten Sehnsucht nach der Nordsee. Schon in Kinderbüchern wurde diese Sehnsucht in mir geweckt, und ich bin beinahe vierzig Jahre alt geworden, bis es mich aus München endlich mal an die Nordsee getragen hat. Ich habe sogar vierzehn Tage zutiefst befriedigt auf einer Hallig verbracht. Ich liebe solche Extreme. Dennoch habe ich auch großen Respekt vor den Gefahren, die ich als Nordsee-Unerfahrene nicht einschätzen kann. So anders sind Wasser, Wind, Wolken und die Gezeiten. Und wie rasch dann die Flut kam, als ich einmal voller Begeisterung, an der See zu sein, mehrere hundert Meter weit auf einer Mole hinausgewandert war. Beinahe packte mich die Panik, und ich begriff fast zu spät, dass ich nun sehr schnell über die Steinkonstruktion, die als Wellenbrecher diente, zurücksteigen musste, um nicht von der Flut eingeholt zu werden!

Du seist jetzt vierzig, hast du gesagt. Glaube mir: Da passt noch einiges rein ins Leben.

Ich bin nämlich auch kein Bergfex, obwohl ich in München geboren und aufgewachsen bin. München liegt, um mit geografischen Begriffen zu sprechen, in der sogenannten Münchner Schotterebene. Geröll aus den Bergen wurde in den Flüssen über die Jahrtausende abgetragen und verteilte sich weiträumig auf der offenen Fläche. Wirkliche Bergsicht hat man nur bei Föhn, zumindest in den nördlichen und den inneren Stadtteilen von München. Meine Eltern gingen nicht in die Berge, und mein Mann und meine Kinder – nun, die waren höchstens mit Nachmittagstouren in die Berge zu locken. Irgendwie blieb ich auf diesem Level hängen. Doch mein Wunsch nach mehr war ausgeprägter als bei ihnen: Wenigstens einmal wollte ich eine Alpenüberquerung oder zumindest eine Mehrtageswanderung von Hütte zu Hütte

*Isa ist eine geübte Kartenleserin.*

hinkriegen. Es vergingen Jahre, bis sich die Gelegenheit ergab.

Aber eine solche Tour wollte ich nicht alleine machen! Schließlich ist es nicht ungefährlich in den Alpen, das weiß jedes Kind, und unglücklicherweise kann ich mich nicht gut orientieren. Gegen das Kartenlesen habe ich eine angeborene Abneigung und ich scheiterte bisher auch darin, Offline-Touren aus dem Netz herunterzuladen. Wie oft habe ich mich schon verlaufen! Denn da sind wir schon bei einer typischen Schwierigkeit in den Bergen, wo auch immer auf der Welt diese stehen: Es gibt keinen guten Empfang. Nur an wenigen zufälligen Stellen, wo Funk durchkommt, hört man mal wieder einen kurzen Klingelton aus dem Handy, und dann weiß ich: Aha, meine WhatsApp-Nachricht, die ich gestern Abend geschrieben habe, ist jetzt rausgegangen. Oder vielleicht kam gerade eine herein? Gleich mal den Stock auf dem Weg ablegen und nachsehen. Und wollte ich nicht auch meinen Mann und meine betagte Mutter anrufen? Das könnte ich hier an dieser Stelle, an der Empfang ist, gleich mal machen. Abgesehen von diesen kurzen Momenten verhindern die Berge mit ihrer Masse, dass Funk durchdringen kann. Im ungünstigsten Fall kann man nicht mal die Notrufnummer erreichen.

Nun habe ich übermorgen das Glück, mit Isa unterwegs zu sein, die im Kartenlesen und im Abschätzen der machbaren Tagesstrecken geübt ist. Welch eine Erleichterung für mich. Nur wandern, gehen, steigen, klettern, ohne mich um den Weg zu kümmern – wie ich das liebe!

Während das Corona-Virus die Welt in Atem hielt, blieben die Hütten lange

*An gut frequentierten Wegen sind ausgesetzte Stellen meist mit einem Drahtseil gesichert.*

geschlossen. Vor kurzem durften sie nun nach der ohnehin langen Winter- und Schneepause etwas verzögert wieder öffnen.

Es ist Juni und Isa und ich freuen uns darüber. Acht Tage in den Lechtaler Alpen, von Hütte zu Hütte, liegen vor uns. Eine bessere Zeit als diese gibt es doch gar nicht, dachten wir. Im Sommer wäre es viel zu heiß für die Anstrengung im Aufstieg. Warum wir uns mit dem Juni täuschten, darauf komme ich später.

Ganz sicher, liebe Marieke, wird eine mehrtägige Bergwanderung zu den schönsten Erlebnissen in deinem Leben gehören.

Nun kann man sich dafür einen Tourguide nehmen. Oder eine Gruppenreise bei einem der vielen Anbieter buchen. Doch so unerfahren schätzten wir zwei sportlichen Frauen uns dann doch nicht ein. Uns aus Bequemlichkeit den Reiz des Abenteuers nehmen zu lassen, kam weder für Isa noch für mich in Frage. Und übrigens: Es ist nie zu spät! Isa ist fünfundfünfzig, und ich bin vierundsechzig Jahre alt.

Mein restlicher Freundeskreis ist eher unsportlich. Erst seit ich etwa fünfzig bin, gestehe ich mir zu, vielleicht zehn- bis fünfzehn Mal pro Jahr eine kleinere Tagestour anzupacken. Erst spät habe ich verstanden, dass ich mir eine Begleitung suchen darf, die mich zu größeren Ansprüchen motiviert. So wie jetzt Isa. Gerade deshalb kann ich mich in deine vielen Fragen hineindenken, liebe Marieke. Und manche davon vermutlich eher beantworten als eine Frau, für die die Berge selbstverständlich sind, weil sie in den Allgäuer oder oberbayrischen Alpen aufgewachsen ist oder weil sie schon als Kind mit den Eltern regelmäßig die Stadt verließ, um jede freie Minute in den nahen Bergen zu verbringen.

Und da gibt es noch etwas: Vor ein paar Jahren noch fingen meine Beine zu zittern an, wenn ich eine erhöhte Stelle passieren musste. Ich konnte nicht mal auf einen Kirschbaum steigen und die Früchte pflücken. Auch das war eine Bremse für mich, die hochalpinen Berge zu erobern. Als meine Kinder aus dem Haus waren und ich mich wieder mehr um mich kümmern konnte, habe ich mir viel Zeit genommen, um mich mit meiner Höhenangst ausgiebig auseinanderzusetzen, und dadurch eine große Besserung erzielt. Darauf war ich eine Zeitlang gewaltig stolz. Das hast du dir mit deinem eigenen Mut erarbeitet, dachte ich. Bis ich in einer Zeitschrift zufällig las, dass Schwindelanfälligkeit mit zunehmendem Alter abnehmen würde. Wie war ich da enttäuscht! Nicht mein Mut und die aufwändige Arbeit an mir selbst hatten mir zu relativer Schwindelfreiheit verholfen, sondern das Alter. Die zweite Ohrfeige aus diesem Artikel lautete demnach: Ich bin jetzt alt.

Bis zur Höchststufe der absoluten Schwindelfreiheit muss ich wohl noch viel älter werden. Wie gerne würde ich mal einen richtigen Höhenweg gehen! Doch was ist, wenn ich mittendrin nicht weiterkann, weil mir vor Angst und Zittern der Verstand aussetzt? Und ich nicht nach links und rechts treten kann, weil es da steil nach unten geht? Nicht vorwärts gehen kann, weil es sichtlich nur schlimmer wird, und nicht zurück, weil ich weiß, wie gefährlich es hinter mir schon war! In diesem Fall vielleicht doch lieber mit Bergführer gehen? Oder gar nicht?

Isas und meine selbst zusammengestellten Touren scheiterten zunächst daran, dass manche Hütten die Corona-Auflagen noch nicht erfüllen konnten und damit eine Übernachtung nicht erlaubt war. Nun ist es nicht so, dass in den Alpen eine Hütte an der anderen liegt, so dass man dann eben einfach die darauffolgende nehmen könnte. Nein, das erfordert einen komplett anderen Weg, mit neuen Höhenmetern, anderem Rauf und Runter, mit anderem Schwierigkeitsgrad und möglicherweise mehreren Stunden längerer Gehzeit. Denn Berg ist nicht gleich Berg. Man sollte dann auch vom Nachbargebiet eine gute Karte dabeihaben, denn auf dem Weg eine kaufen kann man nun mal nicht und herunterladen ohne Netz auch nicht. Und immer wieder stellt man sich aufs Neue die Frage: Was können wir uns zumuten? Berge und wunderschöne Pfade hinauf, ja, davon gibt es einige, zahlreiche, aber Übernachtungsmöglichkeiten? Schutz vor Wetterumbrüchen? Ohnehin grenzt es, wenn man einige große Alpenvereinshütten in ihren Dimensionen von manchmal zweihundertfünfzig Schlafplätzen sieht, an ein Wunder, wie sie dort oben überhaupt gebaut werden konnten. Immer wieder komme ich bei einem solchen Anblick in ähnlich ehrfurchtsvolles Staunen wie bei der Aussicht auf die Berge selbst. Vielleicht ist der Aufwand, eine Hütte zu bauen, die ja eigentlich nie eine Hütte, sondern immer ein stabiles Haus ist, vergleichbar mit einem Deich an der See. Auch davor stehe ich staunend und bewundere das

Wissen und die Erfahrung der Menschen, die mit einem gekonnten Deichbau den gewaltigen Wellenschlägen des Wassers trotzen können. Das wiederum dürfte für dich, liebe Marieke, etwas ganz Gewöhnliches sein.

# Der erste Aufstieg

Am Samstag fahre ich mit dem Zug und Bayernticket für zwei um 6:38 Uhr in Pasing los. Isa steigt in Tutzing um 6:59 Uhr zu. Nun können wir Genaueres besprechen, denn jede von uns war vor der Abreise noch mit Terminen und Aufträgen beschäftigt, sodass wir nur das Allernötigste per WhatsApp geklärt hatten. Immerhin haben wir zwei Wochen vorher eine Schnupperbergtour unternommen, bei der wir Kondition, Anforderungen, Wünsche und Ziele absprechen konnten. Während der Fahrt bis Reutte bleiben uns nun zwei Stunden Zeit, um uns gegenseitig auf den neuesten Stand zu bringen. Dann steigen wir um in den Bus 110, der uns eine weitere Stunde später an der Station *Bach Dorf* herauslässt.

*Glückliche Gesichter, wenn alles gut läuft!*

Nun geht es los. An einer Abzweigung der Asphaltstraße finden wir den Wegweiser: Zwei Stunden Anstieg bis Madau. Die Straße führt durch einen schattigen Wald, der durch den Regen am Vortag einen herrlichen Duft nach Holz und feuchtem Erdreich ausströmt. Trotzdem erscheint mir der Weg auf unspektakulärem Asphalt endlos zu sein. Als auf der schmalen, einsamen, berganführenden Straße ein Auto zu hören ist, hält Isa den Daumen raus, und tatsächlich, ein Vater und sein Sohn, die aus der Gegend stammen, nehmen uns mit nach oben. Isas Augen blitzen mich an. Gut gemacht, blitze ich mit einem

Zwinkern zurück. In Madau essen wir erst mal eine heiße Suppe in einem Gasthaus und trinken einen Kaffee. Von unserem Platz aus sehen wir auch schon den nächsten Wegweiser: Memminger Hütte – drei Stunden.

Ich liebe den schmalen Steig, der uns zunächst durch saftige Wiesen, dann auf zunehmend steinigen und schließlich auf felsigen Boden führt. Was ich nicht liebe, ist der Zehn-Kilo-Rucksack. Er drückt auf den Schultern. Isa hat ebenso zu kämpfen. Immer wieder justieren wir beide die Gurte nach, mal enger, mal lockerer, doch das Gewicht ändert sich dadurch nicht. Seit der Corona-Pandemie dürfen die Hütten ihre Wolldecken nicht mehr zur Verfügung stellen und ein eigener Schlafsack ist daher Pflicht. Die schweren Bergstiefel, die Stöcke und das Gepäck für acht Tage bei jedem Bergwetter – hätte es nicht doch ein Kilo weniger sein können? Isa geht mit ihren langen Beinen zügiger als ich, macht aber öfter eine Pause, in der ich sie wieder einhole. Es geht ohne Unterbrechung bergauf, die drei Stunden sind längst um.

»Ich kann nicht schneller«, sage ich zu Isa.

Und sie bestätigt: »Ich bin auch überrascht von mir. Das scheint die Höhe zu sein, wir sind das nicht gewohnt. Nein, es geht nicht schneller.«

Später höre ich plötzlich Isa, die ein paar Schritte vor mir gelaufen ist, ausrufen: »Da ist die Hütte!«

Es klingt wie ein Jubelschrei. »Give me five!«, rufen wir wie aus einem Munde. Und da ist es, das glückliche Lächeln bei uns beiden, wegen dem man solch beschwerliche Bergtouren auf sich nimmt. Das Ziel ist in Sicht!

Endlich können wir das Haus in echt sehen und nicht nur auf dem Internetfoto! Das Herz füllt sich mit Erleichterung. Nur noch ein paar hundert Meter laufen. Jetzt könnte ich nochmal Gas geben, denn wir haben schon fast die Höhe des Plateaus erreicht, auf dem das Haus steht. Nein, trotz der schönen Aussicht auf das Ziel können wir beide nicht an Geschwindigkeit zulegen. Fehlen mir tatsächlich ein paar rote Blutkörperchen? Oder ist es etwa doch das Alter?

»Das ist die Höhe«, erlöst mich Isa aus meinen Zweifeln. Die Memminger Hütte, die zur Alpenvereinssektion Memmingen gehört, liegt auf 2242 Metern. Verwundert und leicht entsetzt bemerken wir, dass wir mit unseren schweren Rucksäcken anstatt der angegebenen drei volle vier Stunden ab Madau gebraucht haben. Gleich nach dem Einchecken gibt es nur noch eine wichtige Frage: »Wo, bitte, ist die Handy-Ladestation?«

In drei schmalen, gekippten Holzfächern, die wie Regale übereinander angeordnet sind, hängen so viele Handys, wie Menschen schon auf der Hütte angekommen sind, und verzehren sich nach frischem Strom aus begrenztem Steckdosenkontingent. Bis 22 Uhr, steht da, danach wird auf Nachtstrom umgeschaltet. Dann gibt es Strom nur noch für Notbeleuchtung.

Nach einem deftigen Linseneintopf, »Ja, bitte mit Würsteln«, und einem wunderbar frischen Bier verziehen wir uns ins Matratzenlager. Seit der Corona-Pandemie teilen hier halbmeterhohe Sperrholzwände

*Die Alpenvereinsberghütten wurden meist in freiwilliger Arbeit von begeisterten Bergpionieren errichtet.*

die Kante an Kante gereihten Matratzen in schmale Schlafzellen auf.

»Das ist ja viel privater als sonst, das könnten sie so lassen!«, stellt Isa anerkennend fest.

»Herrlich ist das, wie eine eigene Suite, sechzig mal zweihundert Zentimeter«, ergänze ich lachend.

Wir bringen unsere Schlafsachen über die senkrecht angebrachte Holzleiter in die obere Stockbett-Etage. Die Lagernummern 62 und 63 hat uns Manuel, der Hüttenwirt, zugeteilt. Kurz unterhalten wir uns noch über die Vor- und Nachteile unserer Ohrstöpsel-Modelle. Dann liegen wir beide still. Mein letzter, völlig erschöpfter Blick auf die Uhr zeigt mir halb neun. Und mein erster dann erst wieder halb sieben.

Und da helfen auch die Ohrstöpsel nichts mehr: Im Lager herrscht bewegtes Aufbruchsleben. Dass über Nacht jeder Platz belegt war, bemerke ich erst jetzt.

Isa hat geplant, noch eine Nacht zu bleiben. »Akklimatisieren an Berg und Höhe«, nennt sie es. Mit viel Mitgefühl sehen wir von unserem Frühstücksplatz aus, wie die hundertfünfzig bis zweihundert Wanderer sich und ihre Rucksäcke regenfest vermummt für einen wolkenverhangenen Tag mit Regen gerüstet haben. Sie brechen trotz des Wetters auf, weil nun mal die anschließende Etappe auf ihrem Weg nach Meran auf sie wartet, und ansonsten die Gesamtgehzeit von veranschlagten sechs Tagen nicht eingehalten werden kann. Welch einen Luxus haben Isa und ich. Ob wir einen Tag früher oder später zurückkommen – davon geht unsere Welt nicht unter. Wir arbeiten schließlich überall, also auch hier auf der Hütte. Im Schlafsack, im ersten Stock unseres Matratzenlagers. Wir sind die Letzten – und bleiben die Einzigen. Es ist Sonntag und acht Uhr. Gegen ein plötzlich aufsteigendes Einsamkeitsgefühl sehe ich mir auf dem Smartphone Fotos meiner Enkel an, um mich ein wenig mit ihnen verbunden zu fühlen, bevor ich meine leichte Tastatur herausziehe und sie mit dem Handy verbinde, um so meine Notizen einzupflegen.

Die Hütte respektive das Riesenhaus ist ein Etappenziel für gleich mehrere berühmte Weitwanderwege und bildet damit ein Nadelöhr.

Wenn man unterwegs ist, gibt es kein Internet und keine Telefonverbindung. Mal eben beim Hüttenwirt anrufen und nachfragen geht dann nicht. Denn auch Manuel und seine Mitarbeiter leben dort in der Höhe ohne Netz. Aktuelle Wetter- und Schneeverhältnisse erfährt man erst direkt hier oben von anderen Wanderern, welche die angedachte Strecke schon bei ihren Übergängen, aus der anderen Richtung kommend, zurückgelegt haben. Es ist kein Erkundigen vom Tal aus möglich: Gibt es eventuell, möglicherweise oder vielleicht Schneefelder da oben?

Nach dem Frühstück gehe ich in den Waschraum. Sehe mich um. Es ist kalt. Wie viel Waschen ist nötig? Auf alle Fälle muss ich etwas ausziehen zum Waschen. Ich habe erfahren, dass warm Duschen, in der einzigen Duschkabine hinter Vorhang, mit einem Chip möglich ist. Das kostet für drei Minuten vier Euro. Nicht viel Geld, wenn man bedenkt, wie aufwendig die Wasseraufbereitung hier oben ist. Doch ich habe viel Zeit und ein bewusst knappes Geldbudget. Ich stelle das Wasser an. Schneewasser ist nichts dagegen! Erst die Füße, dann führe ich den Duschkopf langsam, sehr langsam weiter nach oben, wie ich es von Pfarrer Kneipp gelernt habe. Ja,

*Oberhalb 1800 Metern kann man die flinken,
aber auch scheuen Murmeltiere beobachten.
Die Eingänge zu ihren Bauten sind gut getarnt.*

gesund soll es sein. Und dann will ich nicht
mehr langsam leiden, sondern gieße das eis-
kalte Wasser übers Gesicht und über den
Kopf. Schon spüre ich, wie sich mein Körper durch den Kälteschock sofort belebt und
sich die Luft holt, die er braucht. Und plötzlich stehe ich aufrecht und quicklebendig da.
Ich verwende nur wenig Seife, denn ich weiß:
Viel Seife muss ich auch mit viel Wasser ab-
waschen. Noch lebendiger zu sein brauche
ich nicht.

Isa und ich entscheiden, uns zuerst warm-
zulaufen, hinauf auf den nur zweihundert

Höhenmeter über uns liegenden Seekogel-Gipfel. Es ist ein großer Spaß, ohne jegliches Gepäck zu gehen, doch der grasige Steig lässt uns bei der Nässe die Tritte vorsichtig wählen. Er ist nicht hoch, aber steil. Schade, dass wir von der angepriesenen Steinbock-Kolonie nichts mitbekommen. Wir sehen sehnsüchtig in die Richtung, wo die über dreitausend Meter hohe Parseierspitze stehen muss. Sollen wir nach dem Mittagessen noch schnell hinauf? Die achthundert Höhenmeter müssten zu schaffen sein, denn es ist am Abend lange hell. Wir fragen den großen, drahtigen, jungen Mann aus dem zwölfköpfigen Hüttenteam. »Unmöglich«, sagt er. »Nicht passierbar. Noch zu viel Schnee dort oben!« Er mag innerlich lächeln über unseren erstaunt-naiven Gesichtsausdruck. Im Nachhinein wissen wir: Hier erlebten wir die erste Einschränkung für unsere hochfliegenden Pläne.

Also wollen wir wenigstens noch auf die Seescharte steigen, das sind nur einenhalb Stunden Wanderzeit hinauf, so ist es zumindest ausgeschrieben. Nur mit einer Flasche Wasser und Regenzeug sind wir unterwegs. Wie gut das tut, keinen schweren Rucksack auf den Schultern zu spüren!

Da! Ein Murmeltier! Als es uns entdeckt, verschwindet es schnell wie der Blitz im Bau rechts vom Weg. Und gleich entdecken wir noch eins links vom Weg. Ein paar Schritte weiter sehen wir ein Pärchen! Mein Körper streckt sich vor Stolz und passt sich damit an die umliegenden Dreitausender an, die sich ebenfalls in die Höhe recken. Oh, wie schön ist es hier!

Plötzlich, schon nach kurzem Anstieg, hat Isa Probleme. Stechen in der Brust. Ihre Finger sind kalt und blutleer und sie muss Pause machen. Ein Stück weiter dasselbe nochmal. »Ich glaub’, ich kehr’ um«, sagt sie. »Ich ärgere mich, dass ich keine Handschuhe dabeihabe. Und die Höhe! Die macht mir mehr zu schaffen, als ich gedacht hätte. Atmen fällt mir schwer.«

Uff. Ich habe großes Vertrauen darin, dass sie sich erholt. Doch bin ich auf alle Fälle bereit,

*Große Hütten mit vielen Lagerplätzen verfügen in der Regel über den Luxus einer Materialseilbahn, mit der Lebensmittel, Getränke und für die Organisation notwendige Dinge aus dem Tal hochtransportiert werden.*

bei ihr zu bleiben und mit ihr umzukehren. Nicht einmal ansatzweise denke ich daran, allein durch ausgedehnte Schneefelder hinauf auf 2600 Meter zu gehen. Schrofiger Fels erwartet uns dort, das kann man sehen, trotz der schweren Nebelschwaden bis weit zu uns herunter. Der kleine See da unten trägt noch dicke Eisschollen. Aquamarinblau lugen die Wasseraugen zwischen ihnen durch. Isa will es nun doch noch ein Stück weiter probieren, vielleicht bis zum nächsten Wegweiser, den man schon sehen kann.

Ich hatte noch eine leichte Daunenjacke mitgenommen, die gebe ich ihr. Sie isst ein paar Nüsse und Trockenfrüchte und trinkt dazu ein isotonisches Getränk aus ihrer Flasche. Das gibt ihr Energie.

Es geht wieder ein Stück weiter. So mühen wir uns vorwärts. Und dann geht es Isa wieder gut. Schon hält sie nichts mehr, gleich ist sie wieder schneller als ich und eilt mir mit ihren langen Beinen voraus. Sie mache aus Prinzip jede halbe Stunde Pause, sagt sie. Und: »Das passt gut mit uns. Während ich Pause mache, holst du mich ein. Und du willst dann lieber kontinuierlich weitergehen und nicht stehenbleiben.«

»Ja, das passt gut mit uns«, bestätige ich und gewinne wieder einen leichten Vorsprung. Wir sind ein gutes Team, in dem jeder in seinem Rhythmus gehen darf.

Jetzt sind wir mittendrin. An schroffen Felsen klettern wir mit beiden Händen zu der weithin sichtbaren Seescharte hinauf, am Ende sind als Hilfestellung zur Sicherheit Drahtseile angebracht. Dann stehen wir endlich in der

*In der Seescharte.*

Scharte und können die dahinter liegenden
Bergketten bestaunen und hinunterschauen
ins Lechtal. Welch eine gigantische Aussicht!
Es geschafft zu haben, trotz aller Widrig-
keiten, löst bei uns beiden Hochgefühle aus.
Und dann kommt auch noch die Sonne für
kurze Zeit heraus. Uns entfährt gleichzeitig
ein glücklicher, lauter, erleichterter Jauchzer.

42

Nicht nur für die Fotos, für die wir uns an der höchsten Stelle positionieren.

Zurück im Haus spüren wir nun beide die kalten Finger. Kälte und Wind haben unseren Körpern reichlich Energie abgerungen. Wir kuscheln uns in die Schlafsäcke, wollen noch etwas arbeiten und schlafen dabei ein.

Da wecken uns viele Rufe.

»Guck, ich hab' deine Lagernummer gefunden.«

»Wasser gibt es gegen vier Euro für drei Minuten heiß.«

»Abendessen um achtzehn Uhr.«

»Wo ist die 65? Hier ist die 32, weiter, weiter, hier drüben ist noch ein Lager.«

»Ich hab' sie gefunden. Wir sind von euch getrennt, hahaha.«

Als ob sie alle auf einmal ankommen würden, die Wanderer vom europäischen Fernwanderweg E5.

Bis siebzehn Uhr habe ich geschlafen. Draußen scheint die Sonne. Nichts wie raus nochmal, endlich, klare Aussicht genießen? Die Wolken ziehen rasch und wechseln von

Weiß zu Grau zu Dunkelgrau, dann wieder halten sie am hohen Gipfel gegenüber an, um geballt über dem kleinen Hochtal hier hereinzuschauen. Nur kurz legen sie blaue Stellen am Himmel frei, schnell ist die Sonne wieder verschwunden, und wir verziehen uns rasch ins Haus.

Zum Abendessen wählen wir beide erneut das günstige »Bergsteigeressen«. Es sind noch mal Linsen. Egal. Wir geben uns bewusst altmodisch und folgen nicht dem Edel-Trend »Gourmet-Essen will ich haben, wo auch immer ich bin«.

Plötzlich erschüttern ein krachender Donner und ein hell zuckender Blitz die Gemüter im holzvertäfelten Speiseraum. Es gibt einen kollektiven Aufschrei, dann hallt ein erleichtertes lautes Auflachen. Zurück in unserem Lager wissen wir: Das harte Grundrauschen auf dem Dach ist kein Bergbach. Ich stelle mich ans Fenster und blicke hinaus. Die geschlossene Nebelwand ist eine Regenwand. Ununterbrochen knallt es in die Fensterscheiben, dicht an dicht rollen dicke Wassertropfen auf den Holzrahmen. Nur wenige Minuten später scheint wieder die helle Sonne herein.

Um 5:40 Uhr sehe ich auf den Wecker, ich bin vom Lärm wachgeworden. Rucksäcke rascheln, Schlafsäcke werden ausgepresst, Lattenroste knarzen, Leitern werden auf- und abgestiegen, knisternde Outdoorhosen übergezogen, leise Gespräche geführt – aber nicht lange, denn dann wird keine Rücksicht mehr genommen. Die meisten sind wach, also wird nun lustig laut gesprochen.

»Hahaha, ich hab' geschlafen wie ein Hund, immer auf der Lauer«, wirft der eine dem anderen aus dem übernächsten Bett zu. Da gehört wohl eine Gruppe zusammen.

»Mich hätt'ste erschießen können, ich hätt's nicht gemerkt«, ruft der andere zurück.

Lautstark pilgern die Wanderer an mir vorüber und hinterlassen akustische Spuren. Noch versuche ich, weiterzudösen, denn Isa und ich wollen erst um acht Uhr los, da ist noch viel Zeit. Wir wollen den Adlerweg nehmen, der uns zum Württemberger Haus führt. Also, hey, wir wollen noch schlafen!

Doch wir haben keine Chance gegen die Menschen aus vielleicht hundert Lagerbetten, die um uns herumwuseln, doch nun tun sie es nicht mehr vorsichtig, sondern man scheint sich einig zu sein: Hier braucht jetzt niemand mehr zu schlafen. »Wenn ich mich aufgequält habe, dann, bitte, sollen alle anderen daran teilhaben.« Ich sitze bereits aufrecht in meinem oberen Stockbett.

Eine Frau, fertig angezogen, spricht mich mit einem rheinländischen Dialekt an:

»Du bist die beste Oberschläferin, die ich je hatte!«, lacht sie. »Du lagst ganz ruhig, da war nichts zu hören.«

»Ach ja?« Verschlafen blinzele ich sie an.

»Tatsächlich, in anderen Hütten wälzte sich immer irgendjemand über mir oder schmiss sich hin und her, aber mit dir konnte ich gut schlafen. Ich mein's ernst! Die beste Oberschläferin.«

»Das nehm' ich als Auszeichnung! Krieg' ich 'ne Medaille?«

Sie lächelt nur und schultert ihren Rucksack.

»Tschö!«, ruft sie zum Abschied.

Ja, man duzt sich. Das gemeinsame Berg-, Gefahren- und nun auch Schlaferlebnis macht aus den unterschiedlichsten Menschen eine Einheit mit demselben Ziel: Die Anstrengung schaffen, möglichst ohne einen Unfall zu erleiden.

Dann kommt Isa, schon fertig angezogen, und steigt die Leiter hoch, die zu ihrem Bett führt. Sie bleibt an einer der oberen Sprossen stehen und sieht zu mir herüber. Ihr Gesicht ist sorgenvoll. »Was ist?«, frage ich, immer noch verschlafen.

»Steh erst mal auf«, sagt sie.

# Die Ankündigung

Ich habe während der Nacht gehört, dass sie sich immer wieder sehr unruhig im Bett hin- und hergeworfen, richtig geworfen, hat. Der Schlafsackreißverschluss ratschte auf, ratschte zu, auf und zu. Heftiges Werfen. Immer wieder schlief ich ein. Isa war keine gute »Nebenschläferin«.

Ich muss aufstehen, wird mir klar. Weiterdösen ist unmöglich.

Auch ich schlüpfe aus dem warmen Schlafsack und fröstele sofort in dem kühlen Schlafsaal. Schwinge mich, da ich mittig in einem Dreiergespann von Lagern geschlafen habe, zur Leiter, die für alle drei Schläfer an Isas Bettende angebracht ist, und möchte absteigen. Isa steht noch unten, wartend. Ihre Augen flattern, ihre Arme ebenso, ihre Stimme

*Es sind nicht immer unerfahrene Bergsteiger, die abstürzen.*
*Den wahren Grund für den Absturz erfährt man selten ...*

ist hoch. Ich muss jetzt ran und sofort wach sein, wird mir auf einen Schlag klar.

»Wir müssen unseren Plan ändern. Die Schneefelder. Ausgesetzte Stellen. Es ist düster und wolkenverhangen draußen, die Nacht über hat es geregnet – wir müssen uns was überlegen.«

Mir sitzt der Schlaf noch in den Augen.

»Wie bitte? Wo willst du denn hin?«

Isa kann keine zwei Sekunden auf eine Stelle sehen. Ihr Kopf ruckt dadurch hin und her, ihre Schultern zucken beim Sprechen auf und ab. Hin und wieder trifft mich ihr Augenmerk, während sie ununterbrochen davon spricht, dass sie gestern Abend mit diesem und mit jener gesprochen habe, und – dass es Schneefelder gebe! Ihr war bewusst, dass es ein schwarzer Weg sei, nicht aber, dass es Schneefelder gebe.

»Schwarz heißt steil und ausgesetzt und ist schon schwer genug für uns!«, sagt sie.

Normalerweise brauche ich einige Augenblicke, um wirklich wach zu werden, für gewöhnlich trinke ich erst gemütlich Kaffee, bevor ich mich in den Tag begebe.

»Ich muss erst mal aufs Klo«, bringe ich als Antwort heraus. Dort wird mir klar, dass ich nicht erst Kaffee trinken kann. Ich kann Isa jetzt nicht allein lassen.

»Was ist denn deine größte Angst?«, frage ich sie, als ich zurückkehre.

»Die Altschneefelder! Letztes Jahr bin ich mal abgerutscht, weit runter, und wäre beinahe abgeschmiert. Ich hab' Schiss. Ich schaff' das nicht. Hab' schon ein paar Stunden nachgedacht. Wir haben die Möglichkeit, nach Zams runterzugehen, dort zu

*Immer wieder mal ein besorgter Blick:*
*Wie geht's dort drüben wohl weiter?*

übernachten. Oder noch eine Nacht hierzubleiben, aber der Gedanke langweilt mich,
denn die Memminger Hütte ist eine reine
Durchgangshütte und kein bisschen gemütlich. Wir könnten auch runter nach Bach
zurück, wie wir hochgekommen sind, und
hinüber zu den Allgäuer Alpen, die sind
nicht ganz so hoch, da ist vielleicht weniger
Schnee um diese Zeit.«

Ich weiß, gegen Angst komme ich nicht an.
Angst schlägt jedes Argument. Nun ja, ich
bin auch nicht absolut schwindelfrei. Dazu
kämen noch die Schneefelder, der Zehn-

Kilo-Rucksack und das nasse Wetter mit Rutschgefahr.

Schließlich kann ich sie überreden, mich nach einem kurzen Waschgang um halb acht mit ihr am Frühstückstisch zu treffen. Auch hier spricht sie ohne Unterlass weiter. Mir ist erneut klar, dass es keine Möglichkeit gibt, gegen ihre Angst anzukommen und sie eventuell abzumildern. Nur zwei Wanderer haben die letzten drei Tage den Weg vom Württemberger Haus hierher zur Memminger Hütte genommen, das weiß sie vom Wirt, der als Auskunftei für alle Gäste fungiert. Von ihnen weiß er auch, dass Steigeisen unabdingbar oder wenigstens sehr schwere Bergschuhe ratsam seien. Wir beide haben nur mittelschwere Bergschuhe und an Steigeisen nicht mal gedacht. In München war ja Sommer!

Zu Hause habe ich mit eher anderen Problemen gerechnet und hatte noch mal nachgelesen: Was ist zu tun, wenn uns ein Gewitter im Fels erwischt? Das hat mich beschäftigt, das habe ich mir gemerkt: Entfernung zum Rucksack mit metallischen Gegenständen schaffen, weg von haltenden Drahtseilen. Wenn ich in einer Drahtseilpassage bin: lieber am Haltepunkt als am Seil festhalten. Abstand von Mensch zu Mensch herstellen. Am Boden als Knäuel kauern. Weg von Erhebungen und kleinen Hügeln ... aber Schneefelder?

Ich höre mich vorschlagen: »Wenn wir auf dem Weg zum Württemberger Haus nicht weiterkommen, kehren wir eben um und kommen wieder her.«

Isa spricht in einem fort weiter. »Oder wir gehen mit der Masse den Europäischen Weitwanderweg E5 nach Meran, der ist nicht schwarz ausgewiesen, sondern rot, also mit mittlerem Schwierigkeitsgrad. Wir könnten noch einen Tag in Meran verbringen, nach Bozen fahren und ein bisschen mediterranes Klima mitnehmen. Dann fahren wir von dort mit der Bahn ...«

*Wir könnten ... Es gäbe auch die Möglichkeit, zu ...* Als ob sie sich durch viel reden selbst beruhigen würde. Viele Optionen im Kopf zu haben, heißt, die vielen Ängste zu übertünchen.

Mir kommt noch ein Gedanke, und den spreche ich aus: »Gebe ich dir das Gefühl, du seist für mich zuständig und du müsstest für mich mitentscheiden?«

Das verneint sie entschieden. »Es ist meine Angst«, sagt sie. »Die ist wieder da, vom letzten Jahr, die Schneefelder.« Und wieder flackern ihre Augen. Sie will dies hier nicht allein entscheiden, möchte es auch mir recht machen. Und ich ihr, merke ich.

Also nehme ich ihren Vorschlag an: »Wir steigen ab ins Tal nach Bach, was unser Ausgangspunkt gewesen ist, um dort, wo der Lech zwischen die beiden Gebirgszüge sein Bett gegraben hat, die andere Seite in die Allgäuer Alpen hochzusteigen.«

Die Umstrukturierung einer solchen Tour erfordert viel Hirnschmalz. Denn auch drüben, jenseits des Lechs, sind die Berge hoch. Zwar sind die Dreitausender nicht ganz so zum Greifen nach, doch müssen wir auch dort mehrere Zweitausender überschreiten. Das zeigt uns die Karte an, die im Eingangsbereich der Hütte aushängt.

Es regnet, als wir losziehen. Wir haben die Regenhaut über den Rucksack gezogen und die Regenjacken mit Kapuzen an. Die Felsen sind unverändert hart, doch ist die Erde zwischen den Felsen schmierig. Wir treten sehr vorsichtig auf.

Auf dem Weg überholen wir ein junges Pärchen, das laute Worte hin- und herwirft.

»Wo wollt ihr hin?«, fragt Isa dazwischen.

Zum Württemberger Haus haben sie gewollt und danach zur Steinseehütte. Doch da gebe es Schneefelder.

»Genau wie wir gehen wollten!«, ruft Isa überrascht aus.

Seine Frau habe Angst, sagt er mit frustriertem Schulterzucken unter den Trägern seines Rucksacks.

»Nicht bei dieser Witterung!«, antwortet sie mit sehr entschiedenem Gesichtsausdruck und ist dabei nicht zu überhören.

Nach etwa einer Stunde holen sie uns wieder ein, als wir bei ein paar Pferden auf einer Weide stehengeblieben waren. Zwei Fohlen knabberten neugierig an unseren Rucksäcken.

»Das sieht richtig kuschelig aus«, sagt die Frau. »Sollen wir ein Foto von euch und den Fohlen machen?«

Wir reichen unsere Smartphones hin und her und schießen gegenseitig Fotos. Auch Isa wirkt wieder entspannt.

Auf unserem schmalen, steinigen Weg überraschen wir lackschwarze Alpensalamander und sie uns. Die kühle Nacht sitzt ihnen noch in den Knochen, nur langsam schleppen sie ihre stumpfen Köpfe, die beinahe direkt in den fingerlangen Schwanz übergehen, von unseren Füßen weg in ihre vermeintliche Sicherheit.

Unseren Ehrgeiz haben wir längst hingegeben und Ruhe ist in unser Inneres eingekehrt. Ja, wir gehen wirklich runter. Und dann sind wir wieder an unserem Ausgangspunkt, im Dorf Bach, müde, nass und hungrig. Der vorsichtige Abstieg durch den nassen Abhang kostet uns mehr als vier Stunden und setzt sich heftig in den Kniegelenken ab.

Nein, wir nehmen nicht das teure Hotel. Es gibt einen Campingplatz in Häselgehr, sieben Kilometer weiter, erfahren wir von der freundlichen Inhaberin des Minimarktes.

Da rufen wir doch gleich mal an!

»Wenn ihr Schlafsäcke habt, kann ich euch die kleine Holzhütte anbieten. Zwei Betten stehen drin, sonst nichts«, höre ich am anderen Ende der Leitung.

»Ohne Schlafsack geht ja gerade nichts. Ja, wir haben! Wir müssen nur noch schauen, wann der Bus fährt.«

In dem freundlichen Lebensmittelladen kaufen wir Landjäger, ein Stück Bergkäse und dunkles Brot zum Abreißen, denn Besteck haben wir bewusst keins mitgetragen. Das Brot soll uns als Abendessen und Frühstück dienen. Und vor allem gönnen wir uns eine Karte. Eine schöne große Karte, die man auf dem Tisch ausbreiten kann. Welch eine Wonne!

Ein heimeliges Hüttchen empfängt uns. Immer noch scheint die Sonne. In der Holzhütte mit Spitzdach stehen zwei bequeme Betten, die durch einen armbreiten Gang getrennt sind. Es gibt einen Minikühlschrank, drei Kleiderhaken an der Tür und an den Bettenden eine winzige Bodenfläche, wo je ein stehender Rucksack hinpasst. Den Campingtisch mit zwei Stühlen draußen schützt das überstehende Vordach, dann kommen schon die Wiese, die warme Sonne und die traumhafte Lage am grünen Lech. Was braucht man mehr?

Auf einmal ist unsere Unterhaltung lustig. Wir plaudern über Unbedeutendes, schäkern über unsere Ängste und nehmen uns dabei auf den Arm. Eine ungeahnte Leichtigkeit liegt auf uns, als ob wir von einer schweren Last befreit wären, heiter, unbeschwert – und einfach glücklich. Braucht es erst die Anstrengung, die Dramatik, den Nervenkitzel, die Anspannung, um in der Auflösung Glück empfinden zu können? Wir beide sind uns einig: Ja! Niemals hätten wir eine warme Dusche als solch einen großen Spaß empfinden können, wäre da nicht die vorige Entbehrung gewesen. Aber jetzt – welch ein großer, übergroßer Genuss! Als ob wir unser ganzes Leben nur Eiszeit gekannt hätten und noch nie länger als drei Minuten warm geduscht hätten! Eine simple Stange an der Wand, der schlichte Duschkopf oben eingehängt, keinerlei Zusatzkomfort an kahlen, weißen, funktionalen Campingplatzfliesen, aber das Wasser ist heiß. So einfach also ist es, mit diesem kleinen Unterschied unserem Körper das Glückserlebnis abzugewinnen.

Wir schlafen versehentlich bis acht. Die Sonne scheint. Tolles Wetter, beste Laune. Und wir haben eine Karte und damit Orientierung! Ausgiebig erwägen wir die naheliegenden Möglichkeiten drüben in den Allgäuer Hochalpen. So warm und gemütlich lullt uns der Campingplatz ein, dass wir vor lauter »Zeithaben« mit unseren schweren Rucksäcken noch zur Busstation rennen müssen, um den Bus um zehn vor zwölf zu bekommen, der uns nach Elbigenalp bringen soll. Dort ist der Einstiegspunkt der Wanderung zur Heinrich-von-Barth-Hütte.

# Das Gedankenkarussell

Drei Stunden Aufstieg, sagt der Wegweiser. Die Sonne beschert uns die Mittagshitze, aber auch einen durchgängig genussvollen Blick auf die umliegenden schroffen Bergriesen. Ausgelassen schießen wir gegenseitig ein paar Fotos am platschenden Wasserfall und essen einen Powerriegel, mehr Pause gönnen wir uns nicht. Und trotzdem sehen wir erst um siebzehn Uhr – mit demselben Freudenschrei wie zur Memminger Hütte hin – in geringer Entfernung die Hermann-von-Barth-Hütte stehen. Die schweren Rucksäcke! Hätten wir in München Rucksacktragen trainieren müssen? Ja, von vielen Berglern hört man das. Für das nächste Mal wissen wir es besser.

Bis zur Kemptener Hütte sind es noch vier Stunden, so empfängt uns ein Wegweiser

*Von der Hermann-von-Barth-Hütte aus hat man einen grandiosen Blick auf zahlreiche Dreitausender, die man von hier aus angehen kann.*

direkt vor dem Haus. Also haben wir Frauen mit dem schweren Gepäck am folgenden Tag mit vollen sechs Stunden Auf und Ab zu rechnen, das wissen wir mittlerweile. Doch erst mal leisten wir unseren Füßen die Wohltat und einem Schild Gehorsam, das uns bittet, die Schuhe auszuziehen. Die Socken hängen wir zum Auslüften darüber, die dürfen morgen nochmal ran. Und nun müssen wir also erst mal den Wirt fragen, ob er einen Lagerplatz für uns frei hat. Was wäre, wenn nicht? Schließlich mussten wir umständehalber umdisponieren, eine Voranmeldung war ohne Netz nicht mehr möglich gewesen.

»Wegen Corona darf ich nur die Hälfte der Schlafplätze belegen«, sagt Harald, der Wirt. Er wirkt bedrückt. »Immerhin darf ich wieder Gäste bewirten, aber es trauen sich noch nicht viele.«

Wir sind die Nutznießer der Krise, denn für uns heißt das: Wir haben reichlich Platz und müssen uns nicht auf die übliche Sechzig-Zentimeter-Matratze beschränken. Doch sind wir kaum fähig, diesen Luxus zu genießen. Nach dem Bergsteigeressen – Spaghetti mit Tomatensoße – und einem genussvollen Bier werfen wir draußen noch mal einen Blick auf die erhabenen Bergspitzen. Dann verziehen wir uns in die wärmenden Schlafsäcke und freuen uns über das raffiniert angelegte Dachfenster, aus dem wir von unserem Schlaflager direkt auf die schroffen Felsen gucken können.

»Es sieht dort oben so zackig aus wie in den Dolomiten«, sagt Isa. Mit diesem Blick schlafen wir beide sofort ein.

Richtig kombiniert, liebe Marieke, es war noch nicht dunkel draußen …

Pünktlich um sieben Uhr erhalten wir unseren Kaffee und begeben uns mit wenig Worten auf den Weg. Er geht auf Anhieb streng nach oben, führt uns bald durch die grauen, schrofigen Felsen, die wir gestern Abend noch staunend bewundert haben. Nach einer halben Stunde Gehzeit müssen wir uns mit Händen und Füßen von Fels zu Fels ziehen. Der schwere Rucksack macht sich bemerkbar, als ich die Felsen wie kniehohe Treppen nach oben steigen muss, und ich denke voller Mitgefühl an Menschen, die tagtäglich zehn Kilo Übergewicht mit sich schleppen müssen. Gerne würden wir schneller vorankommen, doch sportlicher Ehrgeiz ist hier nicht angebracht, lernen wir erneut. Eher Vorsicht und Bedacht und Überlegung: Wie kann ich den nächstgreifbaren Felsbrocken am besten bezwingen? Wenn ich meine Hände zum Steigen benutzen muss, werfe ich, wo der Fels es hergibt, meine Stöcke voraus, um frei zu sein. An anderen Stellen bin ich froh, dass sie mir mit dem Armeinsatz etwas Gewicht von der Kniebelastung abnehmen.

Nein, nicht hinunterschauen! Nur nach oben sehen und den nächstbesten Felsen erwischen! Hinter mir weiß ich fünfhundert Meter Abgrund. Sitzt der Rucksack fest an mir? Kann er mich auch wirklich nicht nach hinten runterziehen? Alles gut zugezurrt, kann ich nirgends hängenbleiben? Keine Schnalle, die absteht? Wenn ich hier danebenfasse, gehöre ich der Tiefe! Nur nicht hinsehen! Nicht vorausschauen! Nur den unmittelbar nächstpassenden Felsvorsprung zum Greifen suchen. Ist der nächste Tritt hundertprozentig an der richtigen Stelle geplant? Wirklich keine Witterungsspuren? Nichts locker? Dann hurtig getreten. Ja, auch dieser Schritt ist getan. Wohin setze ich den nächsten?

Mal geht Isa voraus, mal bittet sie mich, vorzusteigen. Mal ist sie es, die Respekt vor der kommenden Passage äußert, dann ich. Mit höchster Konzentration suchen wir unsere Trittmöglichkeiten aus. Nach jeder gemeisterten Schwierigkeit bleiben wir kurz stehen und atmen erleichtert auf. Geschafft! So, ich muss jetzt eine weitere rot gepinselte Wegmarkierung im Fels suchen. Ah, dort oben müssen wir hin. Es geht immer noch weiter bergauf. Oh, wie schaffe ich das bloß?

Kein einziger Gedanke aus dem Alltag ist hierher mitgekommen, keine große oder kleine Sorge mehr – alles erscheint banal gegen die Herausforderung, wie ich nur den nächsten Meter im Fels schaffe.

An manchem Fleck gönnen wir uns einen Blick und erhaschen atemberaubende Sicht auf majestätische Bergbeständigkeit. Was sind wir nur für kleine Menschlein! Diese Riesen werden uns noch um Jahrtausende überleben. Jahrmillionen? Nur das reine, elementare Vorwärtskommen beschäftigt meine Sinne. So einfach ist das.

Was ist das dort unten für ein See? Türkisblau strahlen seine Wasseraugen zwischen Eisbrocken zu uns herauf. Ja, die Sonne ist herausgekommen und beglückt uns mit glasklarer Sicht über wildes Steilgelände. An einer kleinen flachen, sicheren Stelle halten wir an, setzen die Rucksäcke ab und befragen die Karte: Wie weit sind wir? Was kommt noch? Das muss der Hermannskarsee sein, lesen wir heraus. Und demnach müsste vor uns die Östliche Marchspitze mit ihren 2609 Metern stehen, daneben die Westliche und dann die Hornbachspitze. Und sieht man dort drüben die Mädelegabel? Oder ist es der Große Krottenkopf? Auch erkennen wir auf der Karte: Erst ein Viertel ist geschafft. Nach dem See zeigt die Karte weitere dunkel und hart gezeichnete, also ausgesetzte Stellen. Welch schöne Aussicht aber zeigt sich uns von hier! Welch grandiose Bergwelt, und wir sind mittendrin, nur wir beiden Frauen ganz allein. Doch was wir dann sehen, kann uns die Karte nicht sagen: Nicht nur ein, sondern mehrere weitläufige Schneefelder liegen in unserer Wegrichtung.

Isa sagt das böse Wort. Und gleich nochmal. Und nochmal. Ihr Gesicht ist versteinert. Sie legt einige Sekunden die Hand an die Stirn.

Dann flüstert sie sich zu: »Ich pack' das!«, und dann, etwas lauter: »Komm, gehen wir!«

Wir helfen uns gegenseitig, die Rucksäcke zu schultern, und nehmen unsere Stöcke auf.

Ansonsten reden wir nicht viel. Nur das Nötigste, das wir brauchen, um uns weiterzubringen.

»Achtung, hier geht's neunzig Grad runter!«

»Ich schmeiß hier meine Stöcke voraus.«

»Nimm diesen Brocken, da geht's leichter!«

An manchen Stellen bleiben wir stehen, um immer wieder neu zu staunen. Wie oft wurden sie schon beschrieben, die grandiosen Bergkämme mit ihren spitzen oder stumpfen Gipfeln. Ja, es stimmt alles. Ehrfurchtgebietend stehen sie unverrückbar seit wer-weiß-wielange und vermitteln uns, die wir uns Meter für Meter hindurchkämpfen, die Gewissheit: Wir sind nur ein winzig kleiner Teil der Geschichte dieser Bergmassive und letztlich kümmert es sie nicht, dass auch wir heute da sind. Ja, wir sind für uns da. Um uns zu erleben, uns selbst zu erkennen mitsamt unseren

Freuden und Ängsten. Der Alltag liegt längst hinter uns, unser Vorwärtskommen erfordert von uns allerhöchste Konzentration. Auf welchen der verwitterten Steine auf dem schmalen Felspfad trete ich als nächstes, und ist er auch wirklich nicht wackelig? Kann ich hier den Stock einsetzen, kann ich mich auch sicher draufstützen oder rutscht er weg, also besser einen Zentimeter weiter drüben?

Am ersten Schneefeld bittet mich Isa, vorauszugehen. Der Abhang ist glücklicherweise nur mäßig steil, doch hat mir Isa mit ihrer Furcht den nötigen Respekt vor dem harschig-harten Altschnee eingeflößt. Zu Recht. Vorsichtig teste ich erst mal, wie rutschig es ist – o ja! – und hacke meine Ferse fest in die von der Sonne des Vortags verschmolzenen Spuren, so dass Isa nur noch in meine Fußstapfen zu treten braucht. Ich komme trotz der Kälte ins Schwitzen.

»Geht's so?«, rufe ich ihr zu. Ich kann mich nicht nach ihr umsehen.

»Ja, so geht's, danke!«, höre ich sie knapp hinter mir. »Aber nicht schneller!«

Es sind nicht nur drei, sondern fünf solcher geneigten Schneefelder, die wir mit Isas Angst überqueren. Nur zwei davon sind so abschüssig, dass – nun ja, mir ist sehr klar, dass wir hier keine Chance hätten.

»Die Stöcke in den Schnee rammen!«, rufe ich Isa zu.

»Ja!« Dieses kleine Wort klingt hoch, zaghaft und zittrig.

»Lass alles gut gehen, lieber Gott«, bete ich innerlich.

Inzwischen ist der Vormittag fortgeschritten und wir erreichen Hänge, welche die Sonne bereits seit einiger Zeit beschienen hat. Der Fuß kann im aufgeweichten Schnee festeren Halt finden. Bald darauf steht wieder eine steile Wand vor mir, unüberwindbar hoch. Wo nur gibt es eine vorstehende Kante, bei der ich einen Fuß ansetzen kann? Hier vielleicht oder dort drüben? Doch habe ich auch die Kraft in den Armen, um mich hochzuziehen? Ich spreize die Beine, so weit ich kann, und mache einen großen Schritt hinauf, treffe eine vorstehende Fels-

*Im Juni finden sich noch viele Schneefelder aus hartem Altschnee. Wer bei starker Hangneigung abrutscht, ist dem Gefälle ausgeliefert.*

kante, auf der ich voraussichtlich sicher stehen kann.

»Lass uns aufeinander warten!«, rufe ich Isa zu. Meine Beine sind kürzer. Ich sehe ihr Nicken. Es fallen jetzt keine überflüssigen Worte.

Schon seit einer halben Stunde sehen wir zwei Menschen hinter uns, die inzwischen nahe herangekommen sind.

»Lass uns anhalten und mit denen zusammen weitergehen, da ist ein Mann dabei«, sagt Isa.

Auch ich spüre etwas Beruhigung bei dem

Gedanken. Ja, unsere Körper brachten uns an Grenzen, und die zehn Kilo auf dem Rücken auch.

»Das viele Drinnensein während Corona! Ich hab' die letzten Monate einfach viel zu wenig körperlich gemacht.« Das ist Isas Erklärung.

Und ist es vielleicht auch unser Alter? Doch das denke ich nicht lange. Denn auch das Pärchen ist in etwa so alt wie wir, warum waren sie schneller und hatten uns nach geraumer Zeit eingeholt? Dass sie nur einen Tagesrucksack auf dem Rücken tragen, ist das eine. Das andere: Sie sind für einen Tagesausflug mal schnell aus Füssen herübergefahren, erzählen sie kurz. Von Freunden, die in Oberbayern oder im Allgäu wohnen, weiß ich, dass sie sich beinahe tagtäglich in den Bergen vergnügen – und dadurch topfit sind und zudem sehr erfahren. Nicht so Gelegenheitswanderer wie Isa und ich. Gerne vertraue auch ich mich der Führung des Mannes an. Seine Frau stapft hinter ihm her, dann Isa, dann ich.

*Die Tagesetappe ist bald geschafft.*
*Da ist Lächeln nicht schwer.*

»Gaht's so?«, fragt er seine Frau.

»Jo, gaht guat.« Die beiden besprechen sich beinahe nach jedem Schritt.

»Itz wird's a bissle höher!«

»Itz könntst rutscha!«

»Itz setz da Stock feschte ei!«

»Glei simme durch!«

Es ist geschafft. Doch bald darauf bleibt der Mann stehen, um festzustellen, wo es weiter-geht.

»Da müsset ma nuff!«, sagt er vor einem steilen und dick mit Schnee besetzten Hang.

»Ou, do gaht's abr gscheit nuff!«, kommentiert seine Frau die nächste rote Weg-markierung, die, kaum erkennbar, von weit oben am Fels herunter winkt.

»Ganget mir nooch!«, ruft er und hackt mit seinen festen Schuhen für uns die Spuren in den knirschenden Harsch ein. Nicht hin-unterschauen, nicht rechts, nicht links! Vor allem nicht hinunter! Nicht stehenbleiben! Keuchen ist erlaubt, Hauptsache, bei ihm bleiben. Hätten Isa und ich das auch in nur zwanzig Minuten bewältigt?

Schweigend kraxeln wir mit Hand und Fuß durch das anschließende felsige Gelände.

An einer Abzweigung verabschieden sich die beiden. Ihr Ziel ist nicht die Kemptener Hütte, sie wollen auf den Großen Krotten-kopf und dann wieder heim nach Füssen. Wir bedanken uns herzlich. Isa kann wieder lachen.

»Ich weiß nicht, was ohne euch passiert wäre!«, sagt sie zu dem Mann.

»Ihr schafft das!«, antwortet er nur. »Viel Spaß noch euch beiden!«, ruft die Frau uns zu, und schon sind sie um die Kurve gestiefelt.

# Das Gebirge

Tatsächlich sind wir durch. Es geht bergab, der Schnee wird weniger. Pfade mit abwechslungsreicher Flora führen uns nun auch wieder durch Almwiesen, wo uns reiche, königsblaue Enzianfelder erfreuen.

Dann ist es wieder nicht gut. Wir wissen, dass die Kemptener Hütte auf über 1800 Metern liegt. Alles, was wir absteigen, müssen wir irgendwo wieder hinauf. Mit dieser Erkenntnis gönnen wir uns auf einer Wiese erst mal ein paar Nüsse, Trockenobst und einen Powerriegel. Und nehmen dazu ein paar kräftige Schluck Wasser, zumal der Rucksack mit abnehmendem Gewicht weniger auf den Schultern drückt, die wir schon längst mit den Ärmeln der Jacken, die wir inzwischen ausgezogen haben, abgepolstert haben.

O ja, wir überlegen uns sehr gut, ob wir über ein altes Schneebrett steigen, das über einem rasch fließenden Schmelzwasserbach liegt. Wollen wir es umgehen, müssen wir dabei aber ein paar Höhenmeter erklimmen. Kann wirklich etwas passieren? Außer, dass wir nass werden? Jedoch sind wir schon fünf Stunden unterwegs und erschöpft. Wir wollen nur noch ankommen. Wir nehmen das Risiko auf uns – und brechen nicht ein. Glücklich sehen wir uns auch diesmal an.

Ja, glücklich sind wir nach jeder überstandenen Gefahrenstelle. Erst herrscht riesige

*So blau, blau, blau blüht der Enzian ...*
*Die geschützte Bergblume findet man*
*im Juni sehr häufig am Wegrand.*

*Ein freundliches Willkommensschild empfängt einen neben
einem stilisierten Steinbock an der Kemptener Hütte.
»Genießen Sie das einfache Leben –
Sternehotels stehen im Tal.«*

Anspannung, dann breitet sich Entspannung in uns aus. Ohne das kann sich wohl ein Glücksgefühl nicht einstellen. Gehen wir deswegen so gern in die Berge? Um das Glück der gemeisterten körperlichen Herausforderung zu spüren?

Wir erreichen eine weitere Kuppe und erleben schon wieder einen Glücksmoment: Weit vorne blickt uns ein großes Haus an. Ein Wegweiser ist angebracht: Noch dreißig Minuten.

»Schaffen wir in einunddreißig«, lacht Isa,

und wir wissen beide, dass es für uns noch 45 bis 50 Minuten bedeutet. Aber das Ziel ist in Sicht! Großes Aufatmen durchfährt uns, lächeln, schon wieder, nein, jetzt keine Pause mehr – wir wollen nur noch ankommen!

Wie viele Sorgen hatte ich mir in schlaflosen Nächten zu Hause gemacht. Bisher ist alles gutgegangen. Wie schnell konnte man sich an einem Geröllfeld einen Knöchel verstauchen! Wir haben uns keine Blasen gelaufen. Wir mussten nicht frieren, nicht unendlich schwitzen. Unser Wasser hat gereicht, weil die Sonne nur mäßig warm schien. Die Knie waren brav und haben nicht versagt. Und: Wir vertragen uns immer noch sehr gut.

»Hinter der Weide war schon wieder ein Kreuz, hast du das gesehen? Diesmal nicht nur einer, sondern vier Menschen sind da abgestürzt!« Isa hat bereits ihre Schuhe in dem riesigen Schuhraum der Kemptener Hütte ausgezogen.

»Ja«, sage ich nur. Ich habe das berührende Gedicht in dem Schaukasten neben dem

Kreuz gelesen, den die Hinterbliebenen auf-
gestellt haben: »Im Himmel ist sowieso alles
besser ...«

Am Nachbartisch beim Abendessen – Käs-
spätzle, ja, wir befinden uns im Allgäu – sitzt
eine Wandergruppe. Man erzählt sich mit er-
hobenen Stimmen: »An a'm Schneeföld! So
um die fuffzig soll sie g'wesa sei, hamm se mi'
'm Hubschrauber g'holt, schwere Verletzun-
gen, sofort ins Krankahaus nach Füss'n ham
sie s' g'floga!«

Auf unsere Nachfrage hin bestätigt der
Wirt Martin den Unfall. Jeder Hüttenwirt
muss eine Bergwachtausbildung haben, und
er erfährt somit als erster, wenn etwas passiert ist.

Nach dem Essen legen wir uns auf eine
Wiese – vorsichtig, um nur ja keinen Enzian
zu verletzen – und entspannen in der Sonne unter blauem Abendhimmel. Da schraubt
sich ein immer lauter werdendes Gebrumm
zu uns heran. Ein weiterer Helikopter, der,
jetzt schon über uns, in Richtung Füssen
fliegt.

Eine Zeitlang herrscht Grabesstille.

»Wir könnten unsere große Tour abbrechen und ein paar Tagestouren von hier aus machen, das ist überschaubarer«, sagt Isa plötzlich.

»Ans Abbrechen habe ich auch schon gedacht. Aber weißt du, Tagesausflüge kann ich auch von München aus machen.« Ich halte noch an unserem ursprünglichen Plan und meinen Wünschen fest. »Wie wär's, wenn wir im August oder September von hier aus unsere große Tour fortführen?«

Was machen wir nun? Abbruch? Wo ist unser Ehrgeiz? So viel Freude im Vorfeld! So viele Vorbereitungen für eine große Tour! Haben wir etwa so wenig Biss? Sind wir übervorsichtig? Geben wir uns geschlagen? Wollen wir wirklich einpacken? Oder dürfen wir es ganz einfach Überlebenswillen nennen, der uns ohne eine geeignete Winterausrüstung hier aufgeben lässt? Müssen wir es wirklich »aufgeben« nennen, das Abbrechen? Hören wir auf zu kämpfen? Ist es mangelnde Abenteuerlust?

»Ich schlage einen Kompromiss vor: Wir machen morgen noch eine Tagestour auf einen der Gipfel hier und steigen dann ab, um mit dem Zug nach München zu fahren.«

Wer das vorgeschlagen hat, weiß ich nicht mehr.

Der Berg hat uns bezwungen.

Mehr, liebe Marieke, kann ich dir nicht mitgeben. Außer: Die unendliche Schönheit der Alpen lockt, seit ich denken kann, Tausende von Menschen zum Wandern hierhin. Die meisten kommen glücklich und dankbar wieder nach Hause.

# ANHANG

# Nachher

Die vorliegende Erzählung beruht auf wahren Begebenheiten einer im ersten Corona-Jahr 2020 durchgeführten Bergwanderung in die Lechtaler Hochalpen. Manche Details fielen der schriftstellerischen Freiheit des Weglassens und Hinzufügens zum Opfer. Am schönsten für mich wäre es, wenn »Alpen für Marieke« viele sehnsüchtige Wanderer*innen ermutigte, ihren Wunsch zu erfüllen. Denn:

»Die unendliche Schönheit der Alpen lockt, seit ich denken kann, Tausende von Menschen zum Wandern hierhin. Die meisten kommen glücklich und dankbar wieder nach Hause.«

# Danksagung

Danke …

… liebe Isa – ich habe mich auf dich eingelassen, aber du dich auch auf mich! Danke für diese grandiose Bergerfahrung, danke für die vielen Gespräche, die schönen Fotos, danke dafür, dass du immer auf mich aufgepasst hast. Manchmal wäre ich vielleicht leichtsinniger vorgegangen.

Danke …

… liebe Marieke, dass du mir deinen schönen Namen geliehen hast. Und ihn hast nach Hamburg versetzen lassen.

Danke …

… an meinen Mann Thomas, der mich freilässt, obwohl manche meiner Abenteuer ihn ängstigen.


Danke …

… an alle Beteiligten, die hinter diesem Buchprojekt stehen, bis es als richtiges Buch oder E-Book erwerbbar ist. Ein Abspann wie bei Filmen ist bei Büchern nicht üblich – doch könnte ein solcher mit vielen weiteren Namen gefüllt werden. Danke … an diese alle.

# Liebe Marieke und all ihr anderen geschätzten Leser*innen,

ich kann nicht anders: Meine langjährige Tätigkeit als Trainerin hat mich geprägt. Meine Teilnehmer*innen sollten aus meinen Seminaren etwas mitnehmen. Und heute? Möchte ich, dass meine Leser*innen etwas mitnehmen. Je intensiver die Reflexion am Ende eines Buches, desto nachhaltiger die Wirkung.

Also: Wenn du möchtest, beantworte dir schriftlich die folgenden Fragen:

1. Was hat dich beim Lesen der Erzählung »Alpen für Marieke« besonders angesprochen? Welche Gefühle hast du gespürt? Interesse, Sehnsucht, Spannung, Freude, Sympathie, Ablehnung, Respekt, Angst, Verständnis,

Unverständnis, Verwunderung, Bewunderung … Wenn du Bewunderung für die beiden Frauen gespürt hast, dann denke an das Bonmot von Goethe: Was du an anderen bewunderst, steckt schon längst auch in dir!

2. Ja, es steckt auch in dir, mutig zu sein! Finde dein Feld, wo du dich über deine vermeintlichen Grenzen hinauswagen willst. Es müssen nicht die Berge sein.

3. Schreib dir eine Notiz mit deinem Vorhaben und lies sie die nächsten 30 Tage täglich:
Ich will für meine Zufriedenheit Mut aufbringen, indem ich …

Wenn du bei mir ein Natur-Coaching buchen willst, findest du Infos dazu auf meiner Website www.irmgardrosina.de.
Deine Irmgard Rosina Bauer

*Mut steht am Anfang des Handelns,*
*Glück am Ende.*
DEMOKRIT

Von

# IRMGARD ROSINA BAUER

sind bereits erschienen:

*»Ich liebe die Berge. Dass das so ist, wusste ich nicht immer. Und überhaupt wusste ich nicht viel darüber, was ich liebe und was nicht. Das Leben kam über mich, ungefiltert, jahrzehntelang sagte ich zu allem Ja, und es war irgendwie in Ordnung so – bis ich durch einen Burnout ausgebremst wurde. So also ging es nicht mehr weiter, aber wie dann?«*

Rosi ist zweiundfünfzig. In den vergangenen drei Jahrzehnten hat sie vier Kinder großgezogen und ihrem Mann in seinem Delikatessen-Laden geholfen. Da war keine Zeit, um sich mit sich selbst und den eigenen Bedürfnissen zu beschäftigen. Nun erfüllt sie sich einen alten Wunsch und zieht alleine los nach Südfrankreich. Mit Merkür, ihrem Mini-Van, mit viel Angst vor ihrer eigenen Spontaneität und mit wenig Geld: Nur zehn Euro will sie pro Tag ausgeben. Während sie dabei öfter an ihre Grenzen stößt, gewährt sie ihrer Abenteuerlust freie Wildbahn und kann viele ihrer Ängste erkennen und relativieren; und ganz nebenbei ihr altes Leben abstreifen. Ihr schlechter Orientierungssinn ist dabei nur eines von vielen Hindernissen auf ihrer andauernden Suche nach optimalen Verhältnissen.

Reiseroman – nach Südfrankreich und nach innen

BoD – Books on Demand, Norderstedt 2020, 320 Seiten
ISBN 978-3-7504-8051-3 (Taschenbuch)
ISBN 978-3-7504-8051-6 (E-Book)

Sophie alias Susanne alias S. ist gefangen in ihren Prinzipien: Ein Macho darf ein Macho sein und eine Ehe muss man um jeden Preis aufrecht erhalten. Zumal Sophie mit ihrem Mann vier Kinder hat und Scheidungen »damals« noch nicht so üblich waren wie heute.

Die verschiedenen Frauenrollen in den Geschichten einer einzigen Frau lassen über Jahrzehnte tief in ihr Herz sehen. Ihr gemeinsames Ziel heißt, einmal sagen zu können: Ich liebe mein Leben.

Auf ihrem Kurs dorthin erringt Sophie alias Susanne alias S. neue Freiheiten und fällt doch immer wieder zurück. Sie sucht nach Anerkennung und erleidet darüber ein Burnout. Sie will heraus aus ihrer Opferrolle, doch der Weg dahin ist weit ...

»Das Leben könnte so schwer sein« ist eine packende Lebensgeschichte in dreizehneinhalb meist wahren Geschichten.

Irmgard Rosina Bauer

Das Leben könnte so **schwer** sein

# Roman

in dreizehneinhalb Geschichten

tredition®

Roman in dreizehneinhalb Geschichten

tredition Verlag, Hamburg 2016, 153 Seiten
ISBN 978-3-7345-7098-8 (Taschenbuch)
ISBN 978-3-7345-7098-0 (E-Book)